Impresión y editorial: BoD – Books on Demand
info@bod.com.es - www.bod.com.es
Impreso en Alemania – Printed in Germany
ISBN: 9788413262529

En Segovia a 13/02/2023

Se lo dedico a la gente que tiene ideas locas,
a mi novi... Espera...sí, esta parte está reeditada. Dedico este libro a mis locuras
personales, así no hacemos sangre a las opiniones parciales de la gente.
El ocio no es necesidad pero es en sí mismo necesario. Espero que goces cada ilustración
como un niñ@ chico, porque para eso está hecho este pseudo libro. Brilla por su simplicidad. No es
para leer, es para soñar.

Mierda de poema del bicentenario.

- Hace mucho tiempo... en una galaxia muy lejana....

# IDEAS ILUSTRADAS,

# IMPOSIBLES
# O
# IMPROBABLES.

ILUSTRADO Y ESCRITO : MIGUEL ÁNGEL MAYO SOTO CID

BANANABARCO

EL NIÑO PIANO ES INTOCABLE

PORQUE CORRE DEMASIADO

COMERTE UNA CANCIÓN
¡TAL CUAL!

EL VIEJO, VIEJO

NUEVO , VIEJO

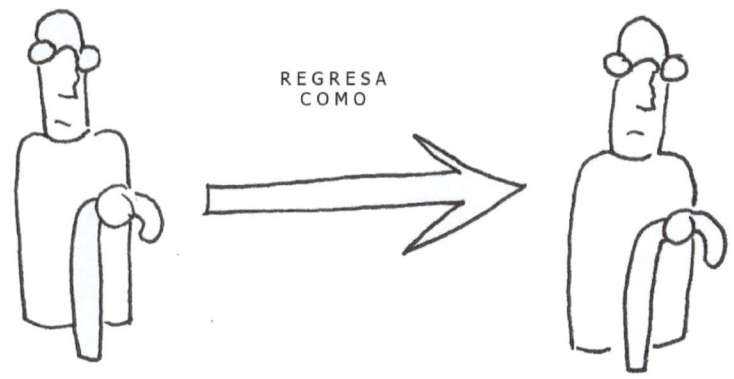

REGRESA
COMO

PERO ES EL VIEJO VIEJO
COMO NUEVO VIEJO

PARADOJA DEL REGRESO DE UN VIEJO

ERA UN CRACK Y SE PARTIÓ

(ONOMATOPELLICIDIO)

TERRORISTASAURIO

AQUEL TANATOPRÁCTICO HACÍA FLAUTAS HUMANAS

EVANGELISTA TRAPERO

LA COPA DE VINO MÁS COMPLEJA DE DEL MUNDO

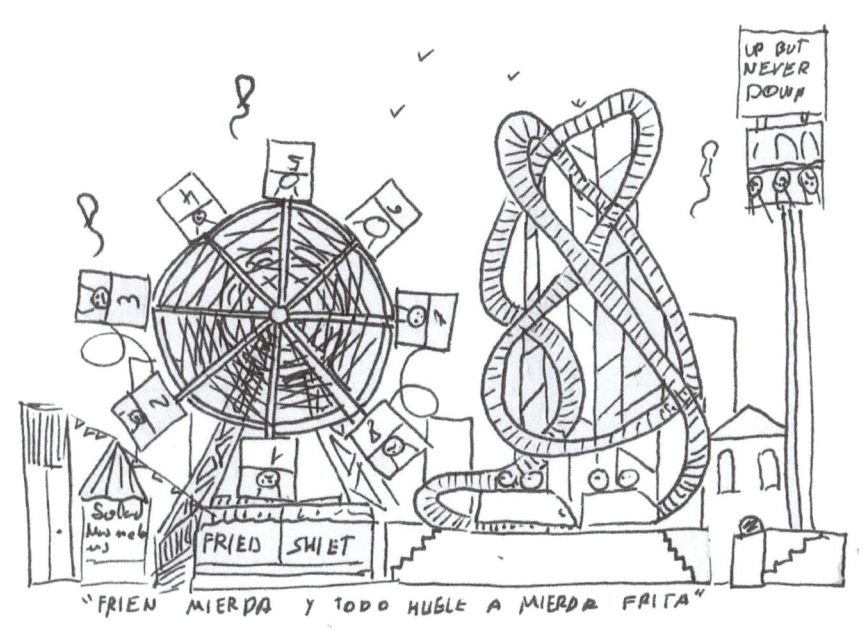

PARQUE DE DESATRACCIONES EN EL QUE
CADA MINUTO ES UN INFIERNO

PATINES MONOCICLO

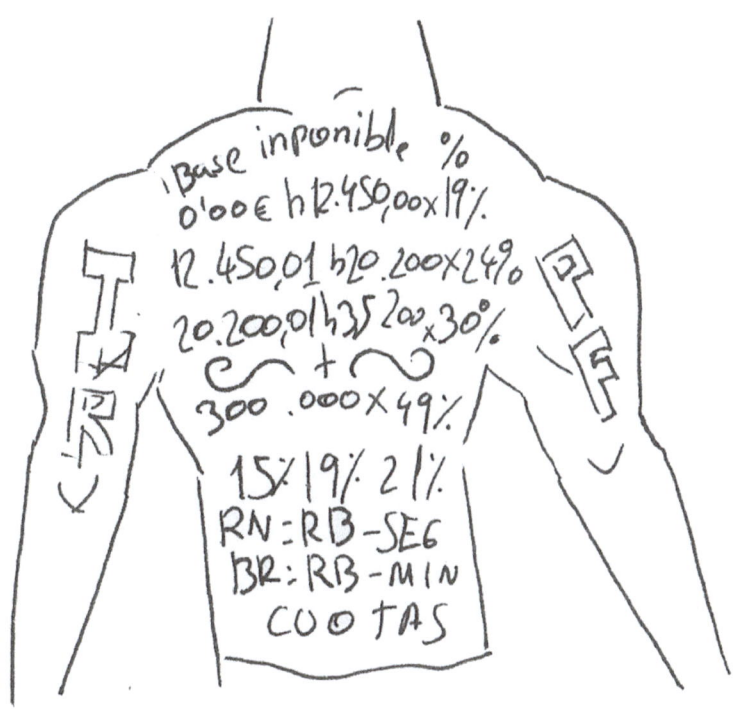

TATUAJE DE PRISION BREAK PERO
VERSIÓN I.R.P.F.

RAYO INTERGALÁTICO QUE SOLO
JODIÓ MURCIA

LA BIBLIA EN BRAILE COMO JUGUETE SEXUAL

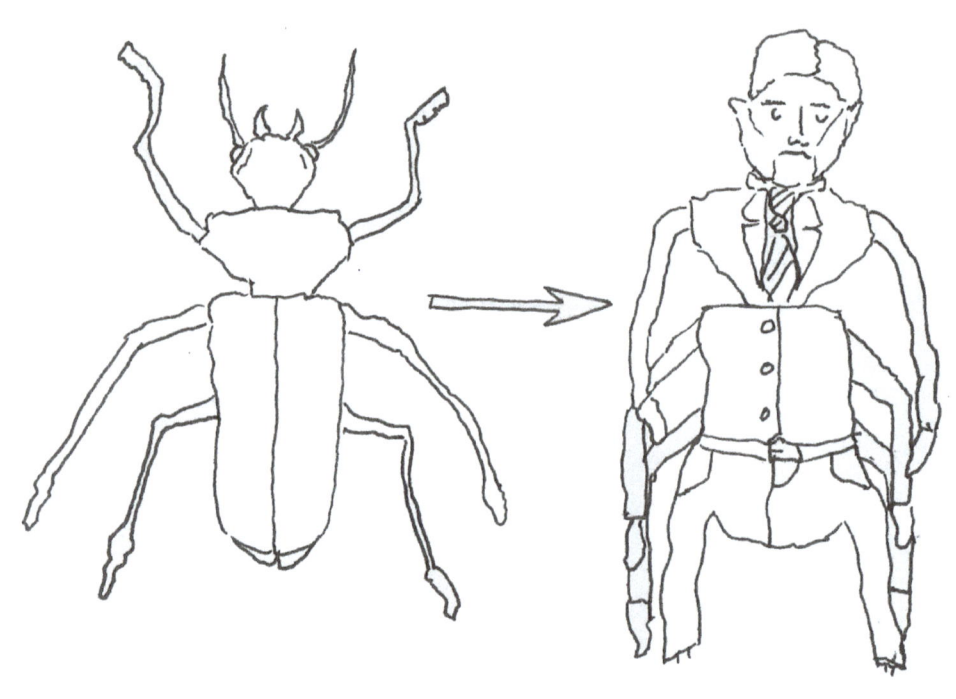

BICHO ANÓNIMO QUE SE CONVIRTIÓ

EN KAFTCA

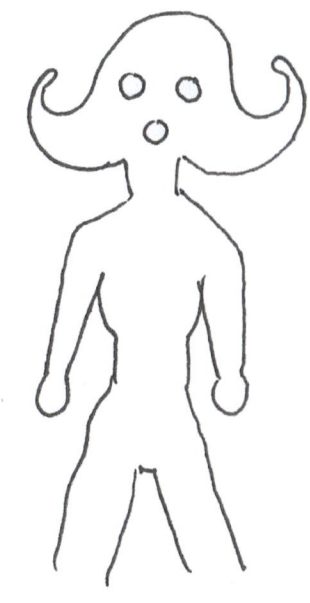

ESTABA HECHA DE GOMA EVA PERO

SE LLAMABA MARÍA

EL DIOS DEL ORDEN

TOCK

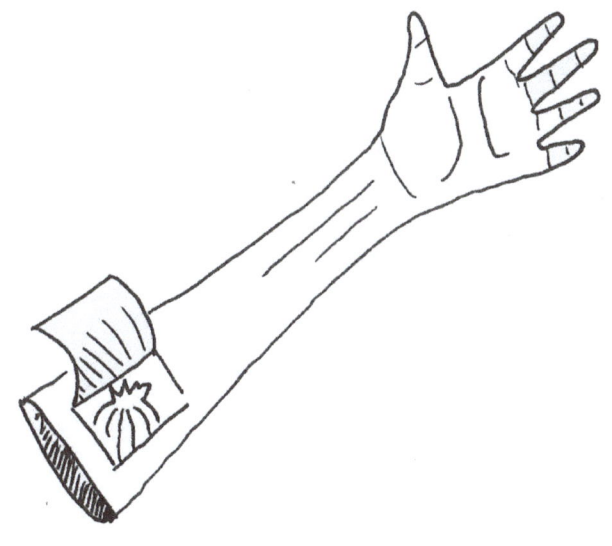

DEBAJO DE LA PIEL TENÍA CEBOLLAS

EL HIELO ESTABA EN LLAMAS

GUIJARRO DE AGUA FRÍA

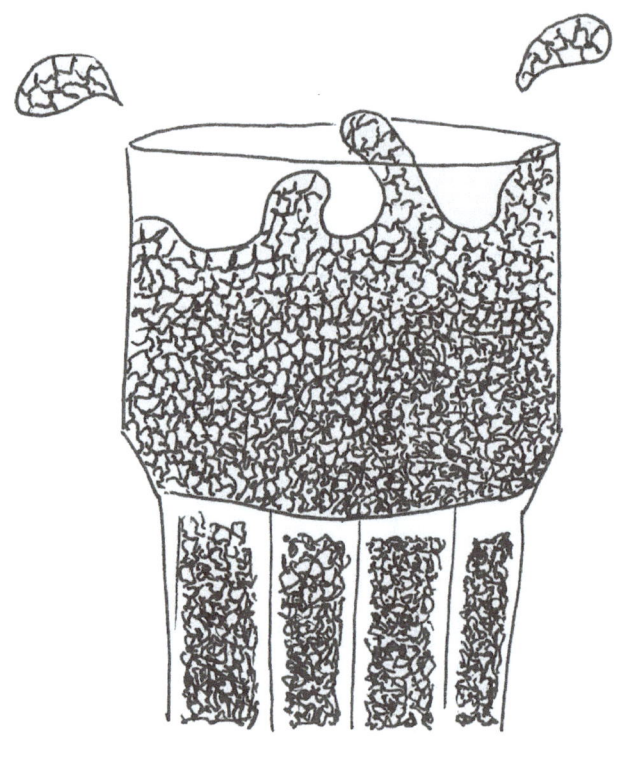

UN AGUA MUY POROSA

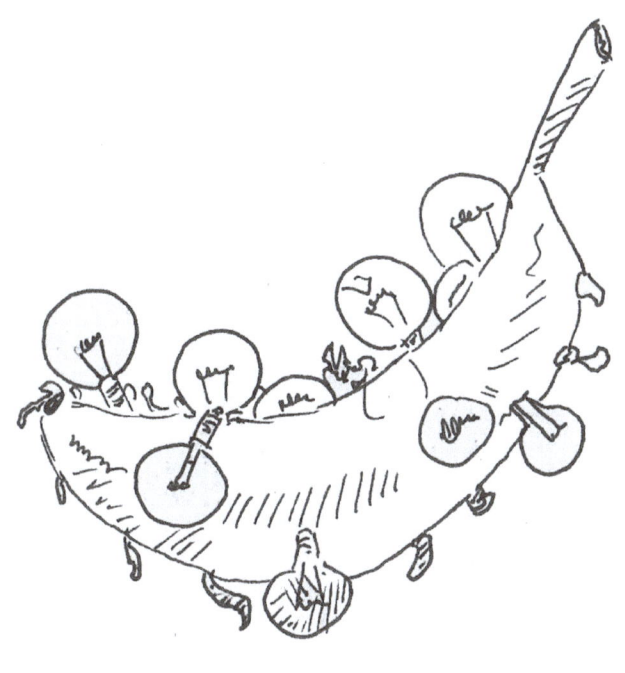

BANANA RELLENA DE CARNE PICADA
Y BOMBILLAS

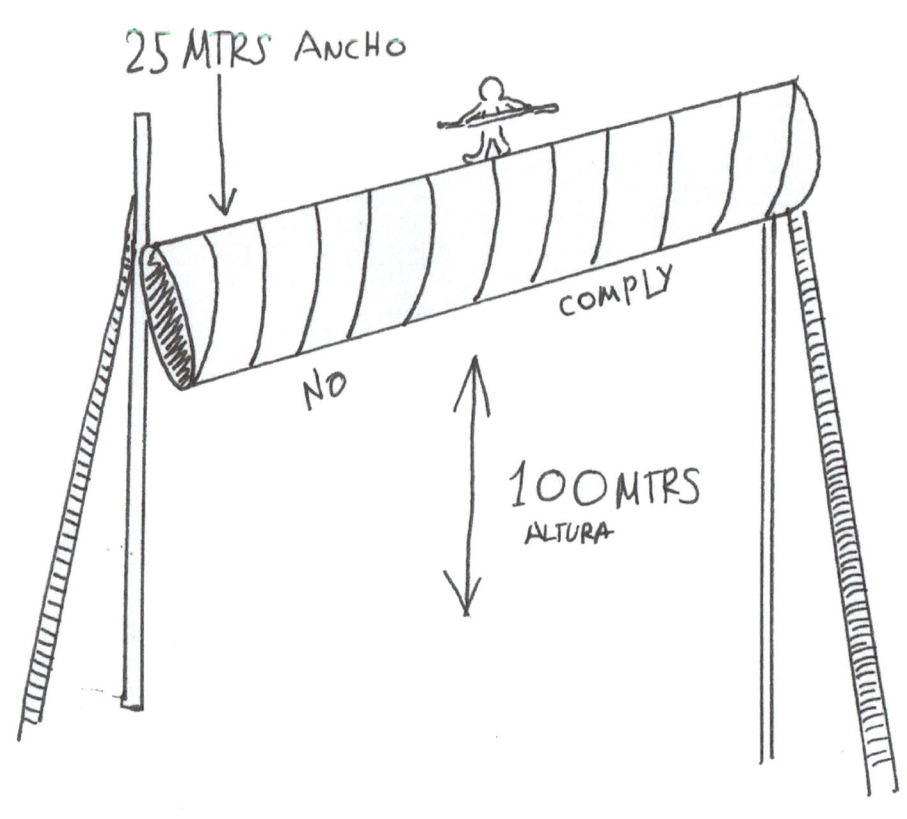

25 MTRS ANCHO

NO

COMPLY

100 MTRS
ALTURA

FUNAMBULISTA DE CUERDA GORDA

RESPUESTA AFIRMATIVA

BANANABARCO

ESTUPERRO-PELOPRÁCTICO

O PERRO SUIZO

ZUMO DE DIENTES

CON DIENTES NATURALES

TANQUE DE JABÓN

LOMO ALMODOBAR

TU PADRE SE REENCARNÓ EN UN INTERRUPTOR

MP3

UN HUMORISTA AGUDO

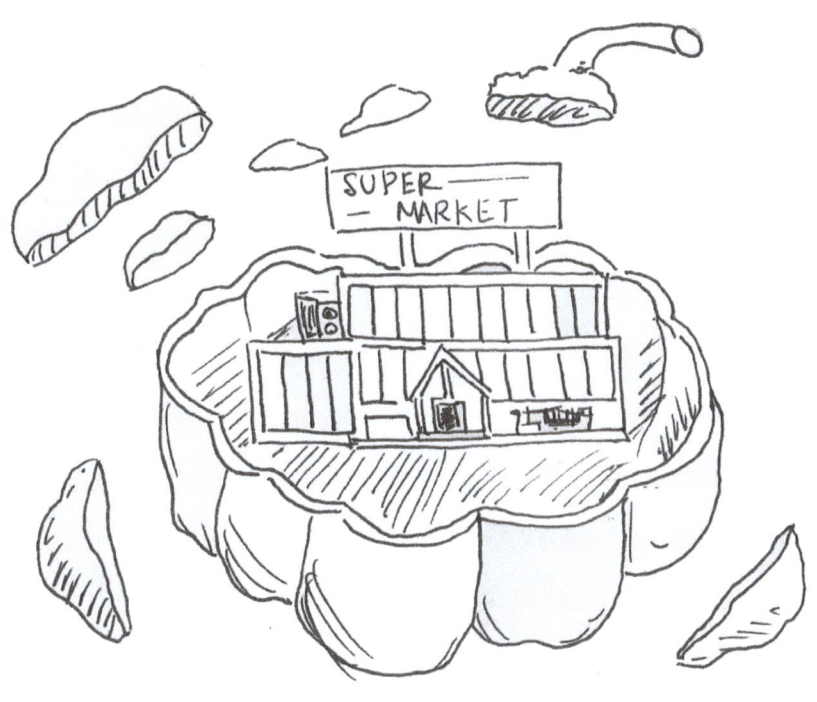

DENTRO DE LA CALABAZA HABÍA UN SUPERMERCADO

VISIÓN INDIRECTA , UNO SE PONE GAFAS Y TU
VES MEJOR

UNA PERA FÁLICA

PERO SIN RABITO

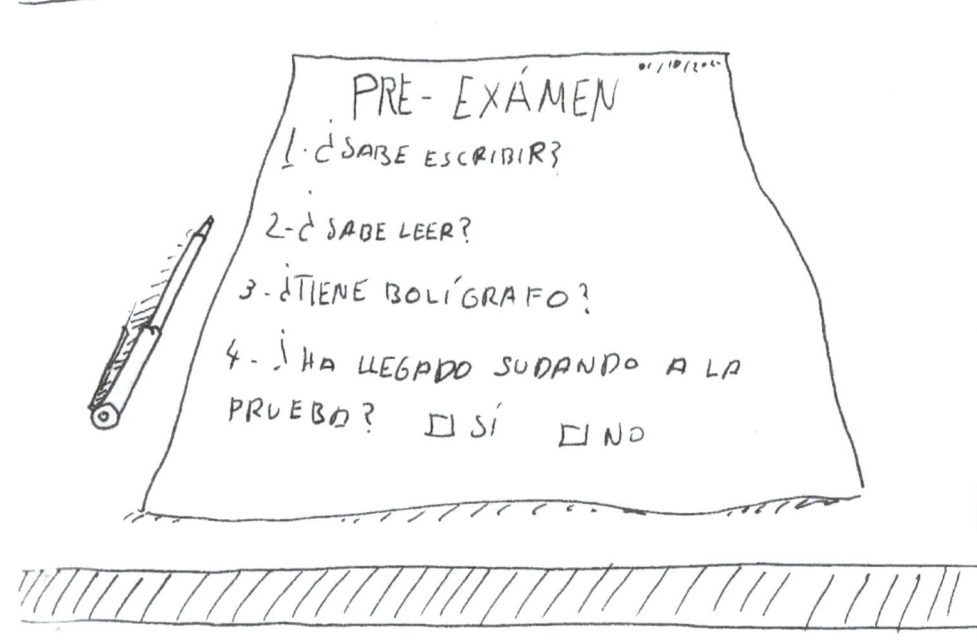

EXAMEN PREVIO A UN EXAMEN

SANTOSAURIO

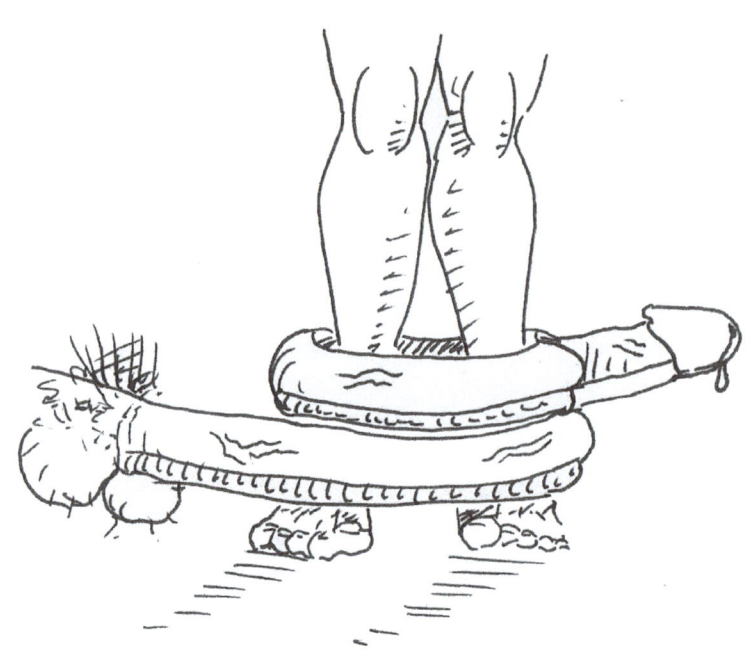

CON LAS PIERNAS ENTRE EL RABO

BRECOL CON BARBA

PURÉ DE SOPA

CIUDADANO MODELO PERO MAL CIUDADANO

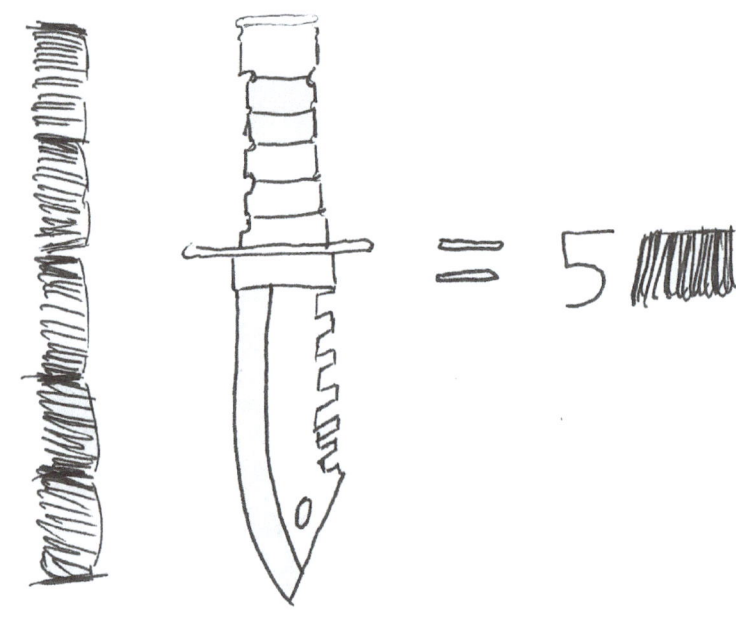

USAR EL BIGOTE DE HITLER COMO UNIDAD DE MEDIDA

UN ASTRONAUTA QUE TOCABA PARA LAS ESTRELLAS

TENÍA MANOS HUMANAS MUY REALISTAS

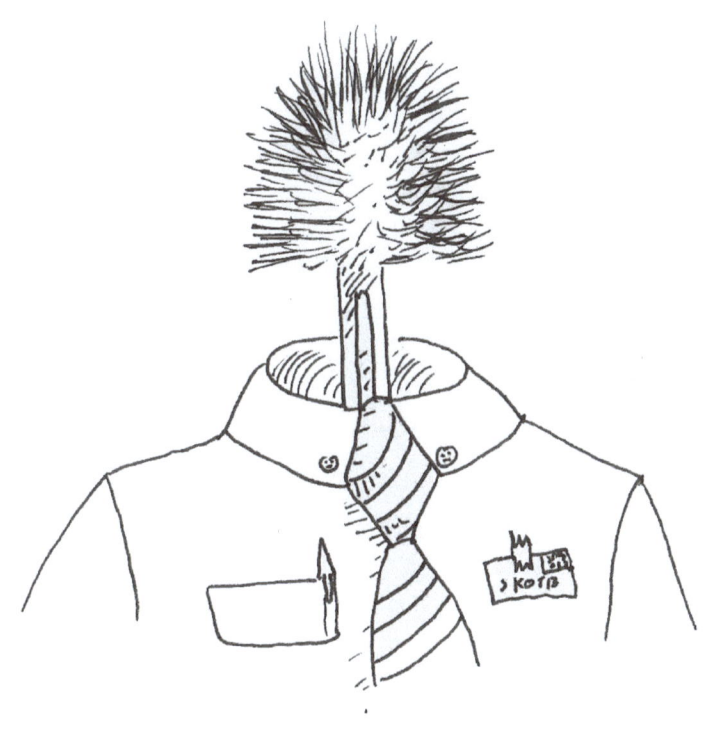

ESCOBILLA OFICINISTA

EXPRIMIR UN RICO ZUMO DE MARTILLO

TODOS LOS FINES DE SEMANA SE EMBORRACHABA

CON CIANURO

GORRA CON PELUCA

LA GAMBALAXIA

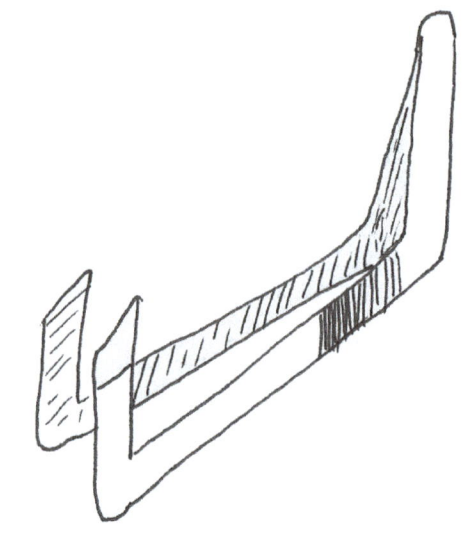

PINZAS PARA ÁNGULOS INVERTIDOS A 45 GRADOS

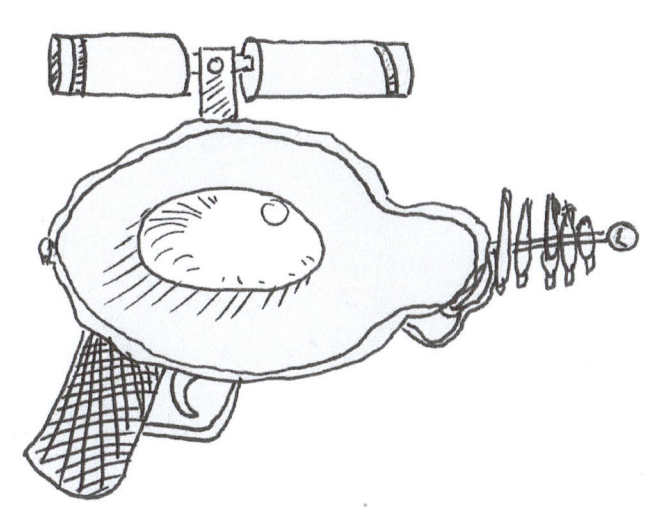

PISTOLA AGUACATE LASER

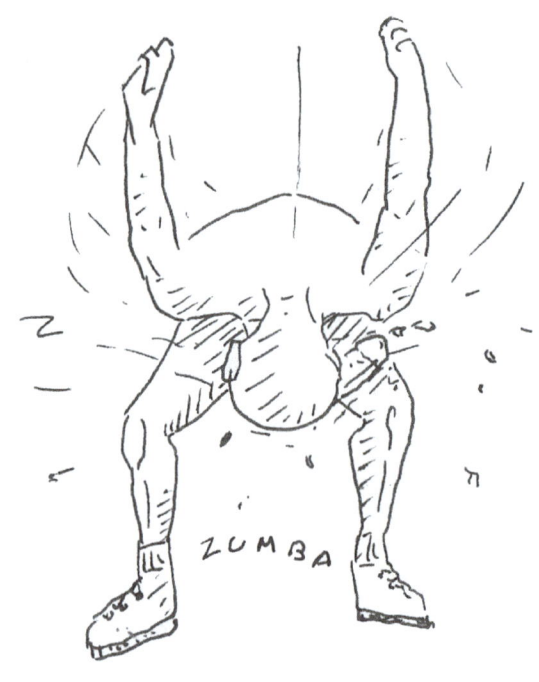

CONCURSO DE PARTIRSE LA POLLA A CABEZAZOS

NARIZ DE PAYASO EXPLOSIVA

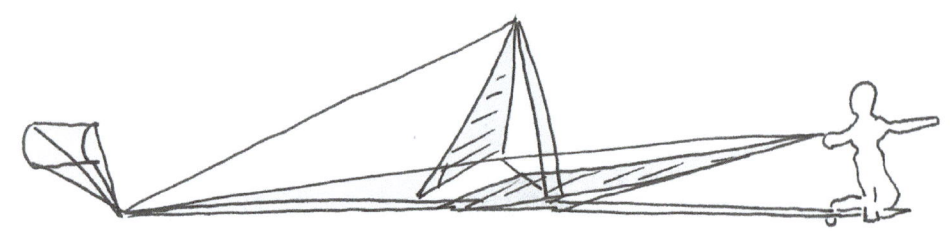

AVIÓN DE MONDADIENTES MUY LARGOS

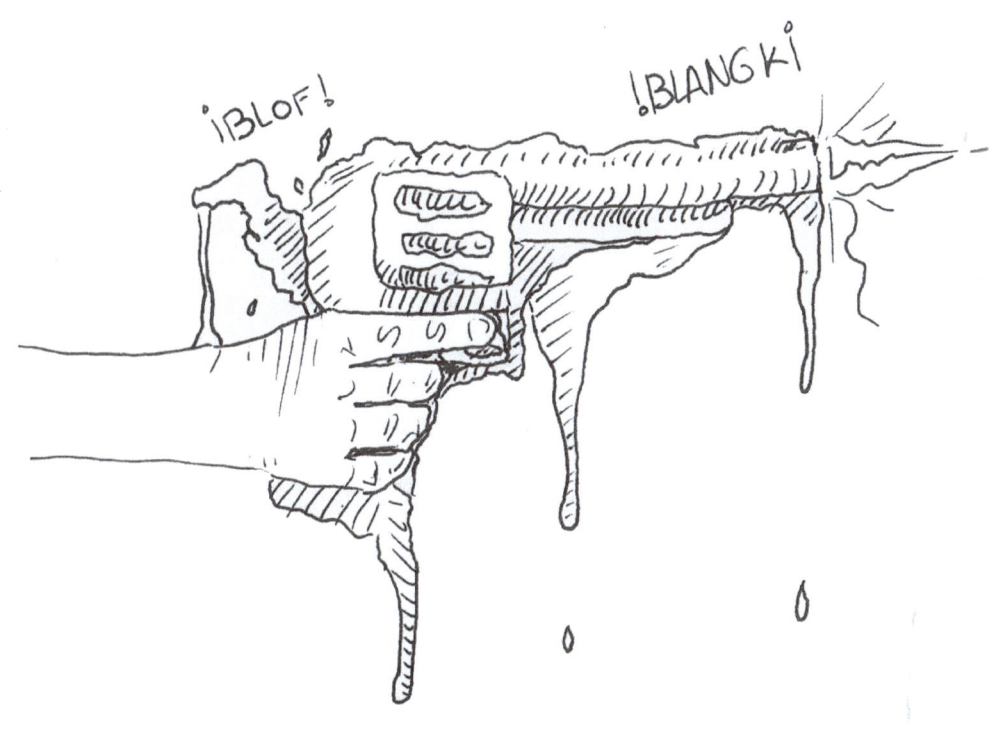

DISPARÓ A BOCAJARRO CON SU REVOLVER DE BARRO

SALTÓ POR LA VENTANA DE LA UNI PORQUE TENÍA
MUCHO CALOR

VOLVIÓ DE COLOR CARMESÍ POR JUGAR A LOS BOLOS

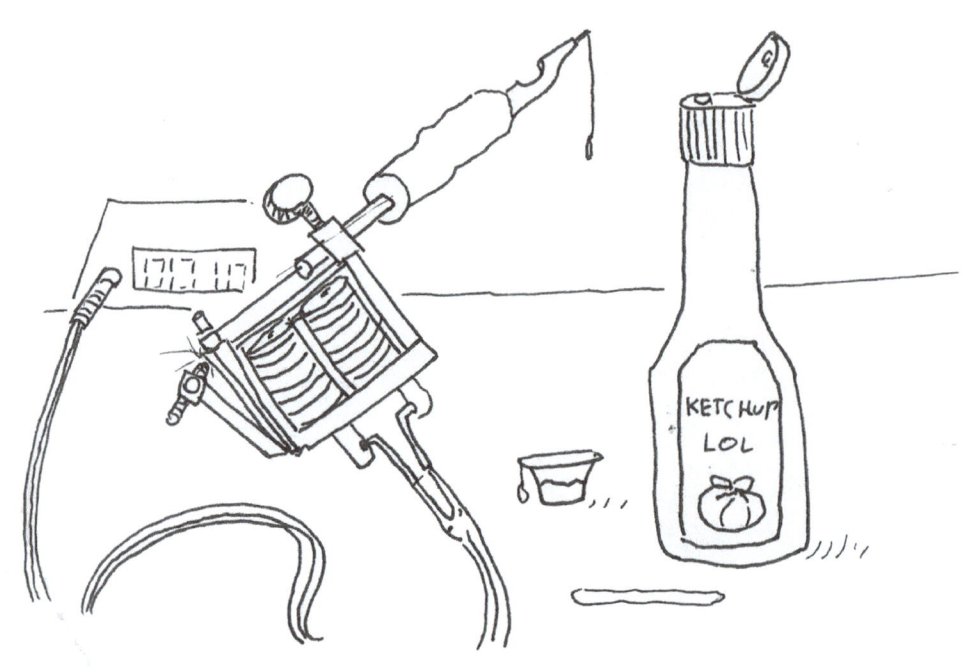

TATUAR CON KETCHUP.

LE PUSIERON UNA VÍA EN EL HOSPITAL
Y LE SALIAN TRENES

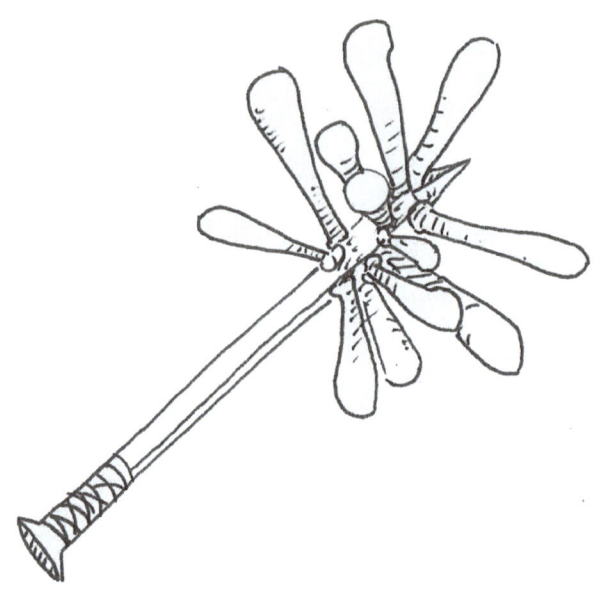

DAR UNA PALIZA CON UN PICHO CON PALOS

LA LECHE RIVER AUN HUELE A PERRO

LA BANCA RATA PERO LE VA BIEN

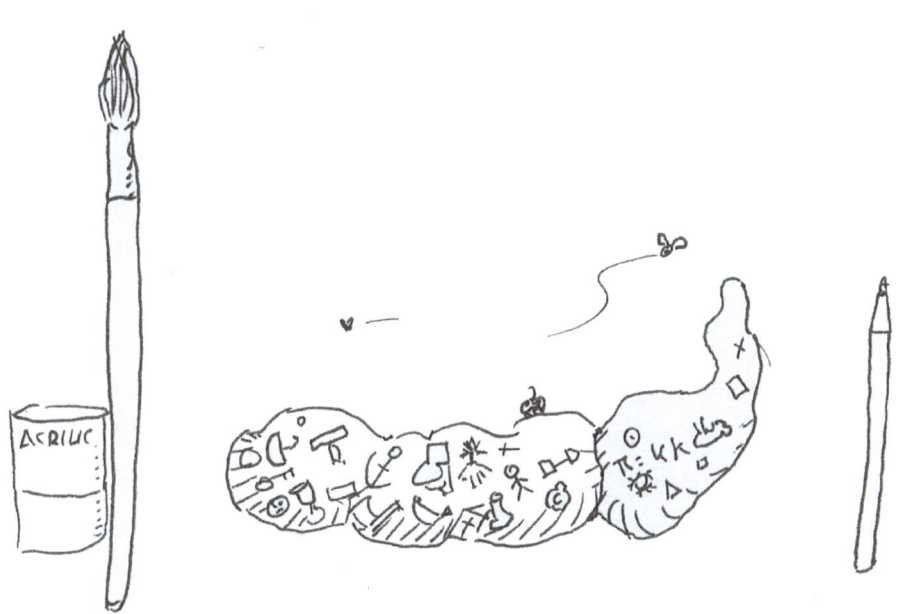

ILUSTRANDO MIERDAS

(50 EUROS UND)

ESCATOLOGÍA A LO AGUSTO MONTERROSO

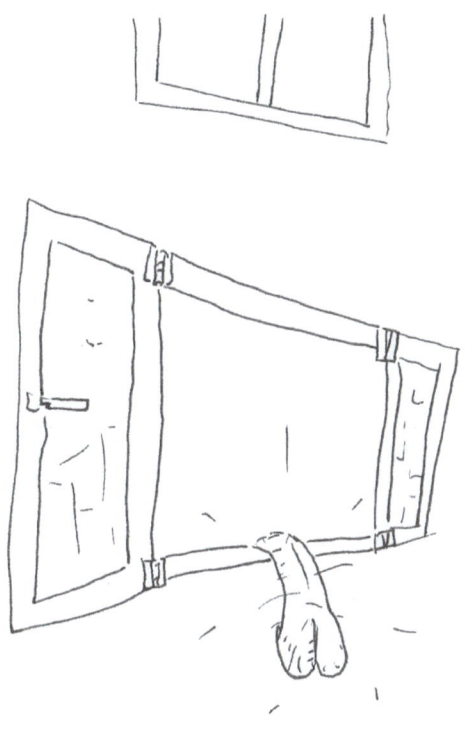

SACÓ LOS COJONES POR LA VENTANA

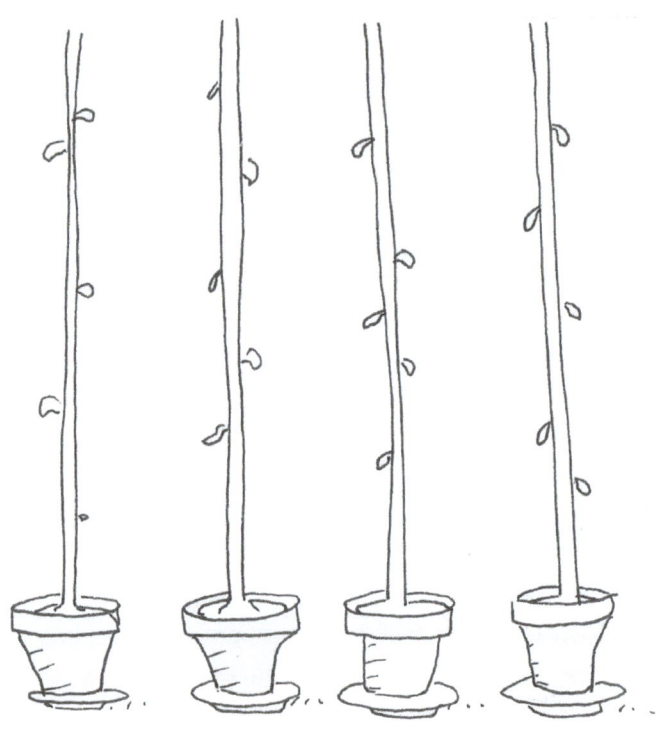

ENREDADERAS LISAS

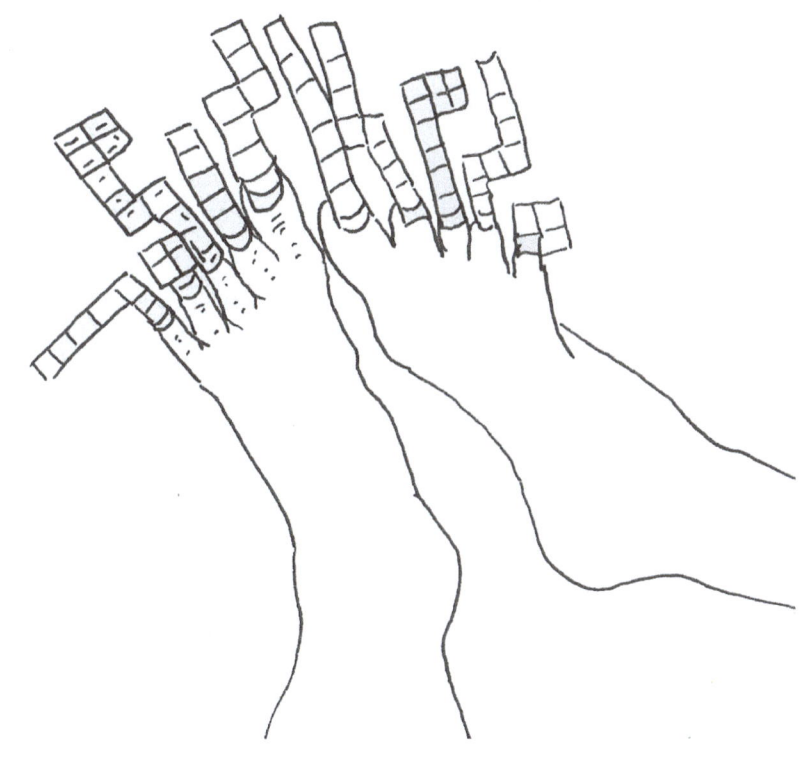

UÑAS DE LOS PIES AL ESTILO TETRIS

¡BAM!

SALIÓ DE CASA Y TODO EL TEJADO SE
LE CAYÓ ENCIMA

NUEVO ZUMO DE METAL
AHORA CON MÁS METAL

EL HEDOR DE UNA ROSA ERA INDECENTE

AGUJEROS DE MARIPOSA EN EL ESPACIO

SER UN LANGOSTINO NO ACABÓ CON SU
SUEÑO DE LLEVAR MÁSCARA

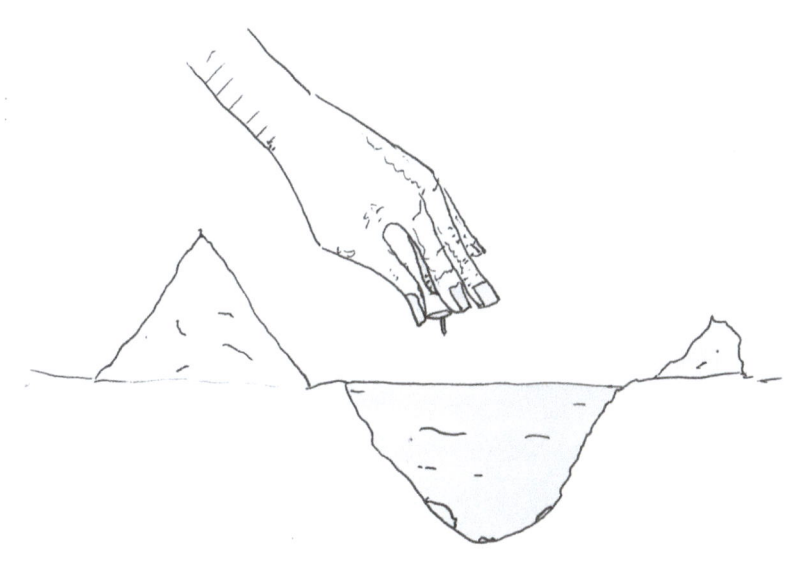

CAVAR UN AGUJERO CON UNA CHINCHETA

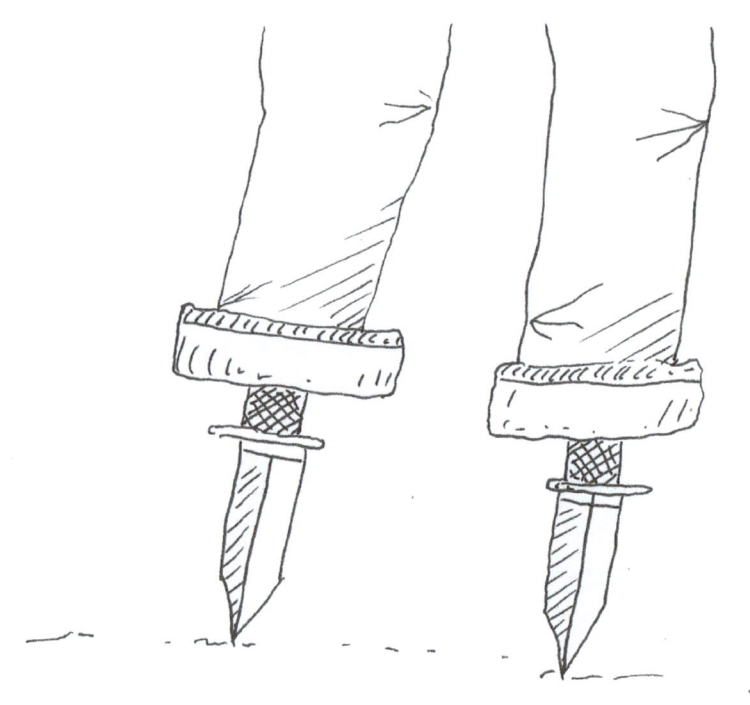

PIES DE CUCHILLOS

(SIEMPRE VA DE PUNTILLAS)

EL BECARIO DE DIOS

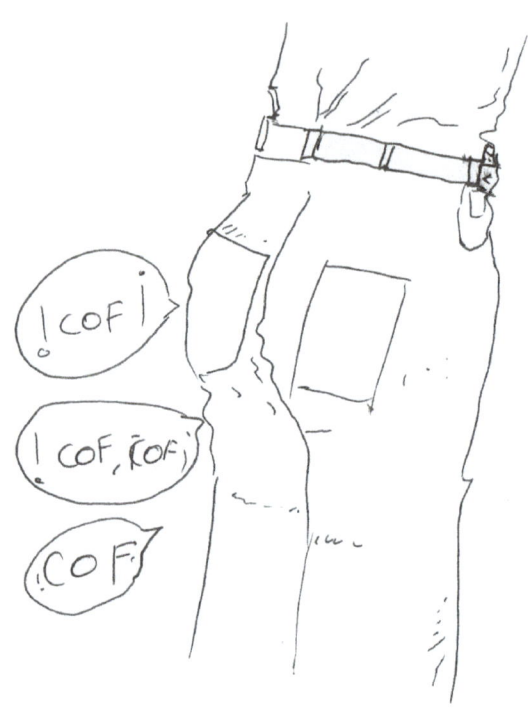

TOSER POR EL CULO

CHISTE GAY EN BINARIO

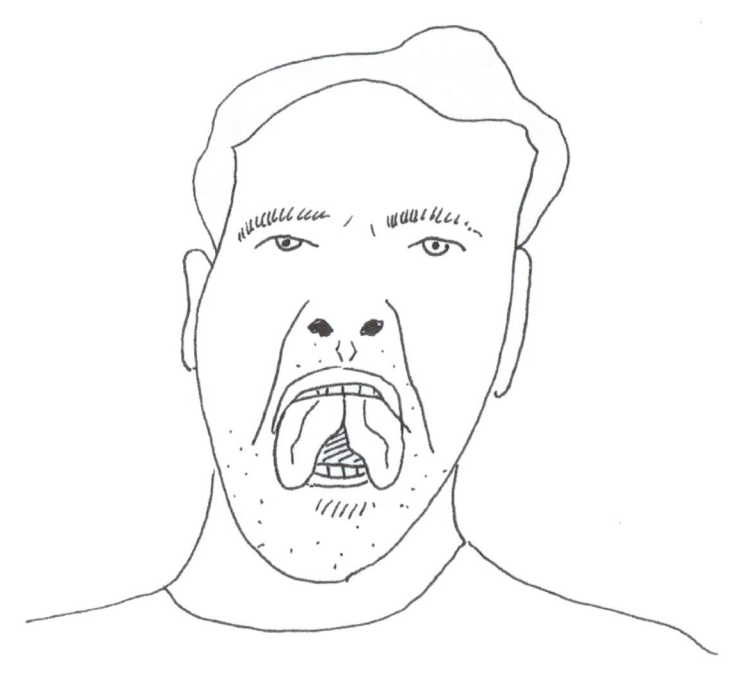

IMPOSICIÓN DE OTRA LENGUA LITERALMENTE

ARTE MARCIAL BASADA EN MICHAEL JASON

PAREJA DE CIEGOS , LO NUNCA VISTO

BATALLA CAMPAL DE ACUEDUCTOS

ESE VERANO ALATRISTE CURRABA EN AMAZON

¡ TASTE  "N"

FAMOUS!

BOCATA DE DIENTES

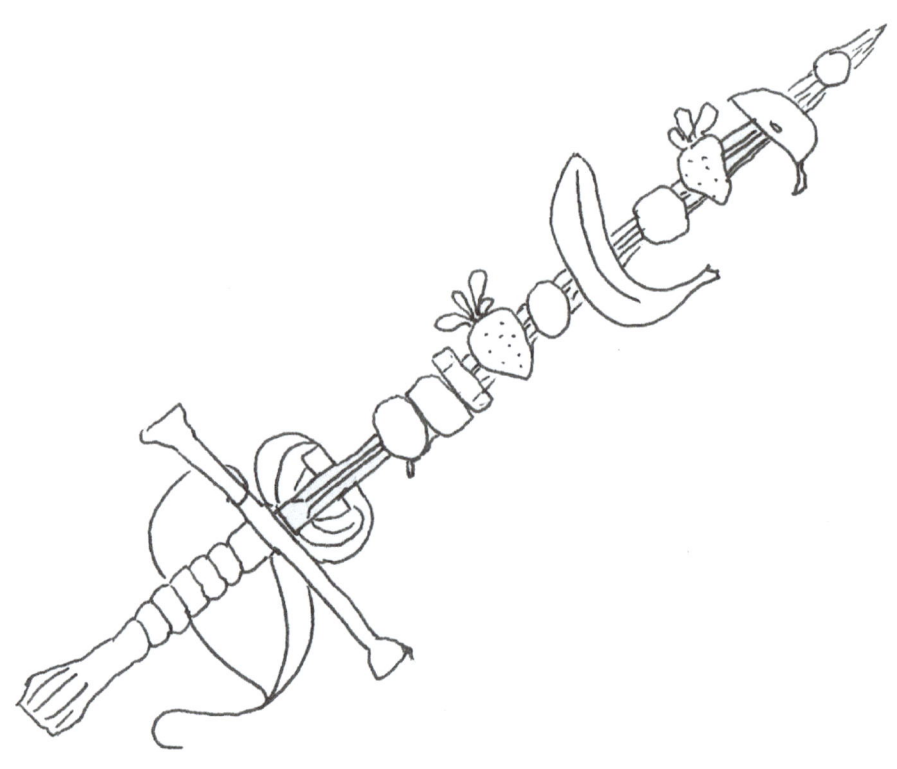

BROCHETA AL ESTOQUE

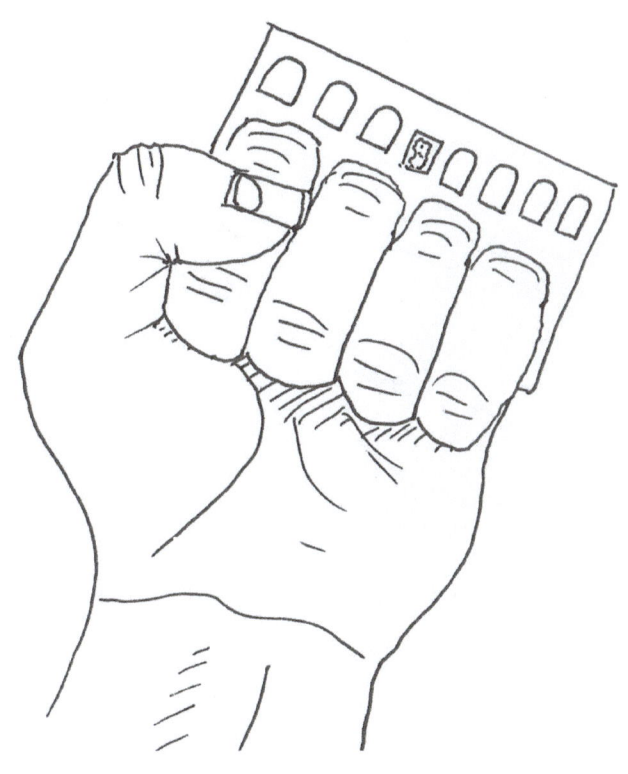

EL PUÑODUCTO SEGOVIANO

VENTA DE BABA

UNA CÁSCARA DE PIPA MUY AGRESIVA

TU GATO PERO MÁS LARGO

EL SUICIDIO DE UNA ORCA ASESINA

TENÍA EL CUERPO MAL ENSAMBLADO

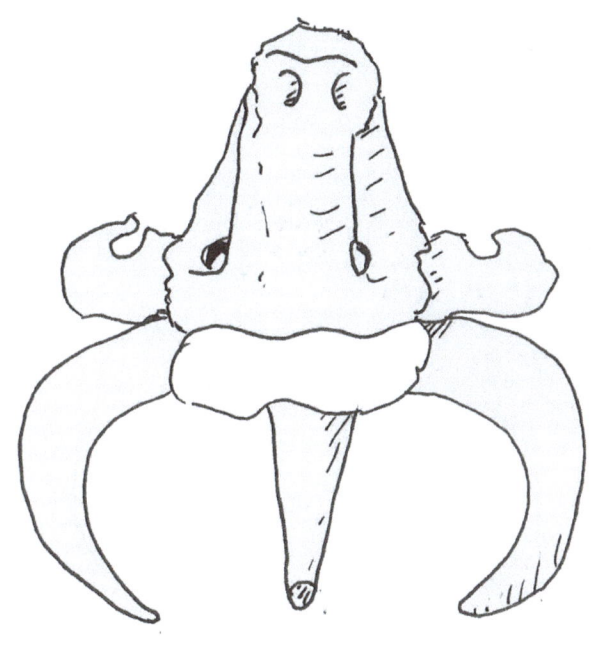

TAUROBURETE O TOROTRÍPODE

EL CASPASTILLO AMBULANTE

(LA BANDA SONORA SERÍAN MARACAS)

MORDER POR DESPECHO UN ZAPATO ITALIANO

MODALIDAD OLÍMPIA DE LANZAMIENTO

DE ESPAGUETI

SE CAGÓ EN LA ESCAFANDRA

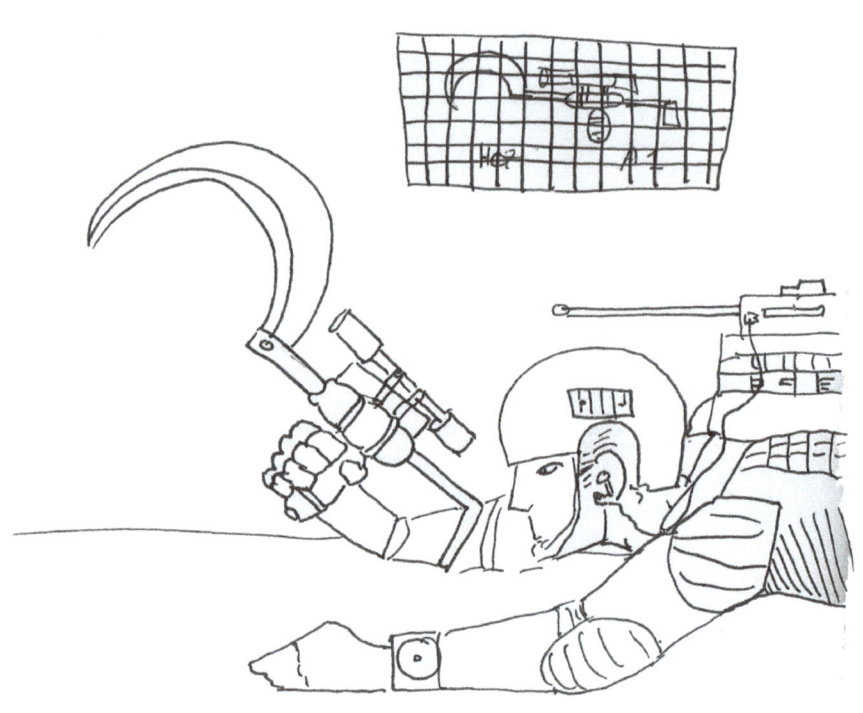

HOZ TÁCTICA DE COMBATE

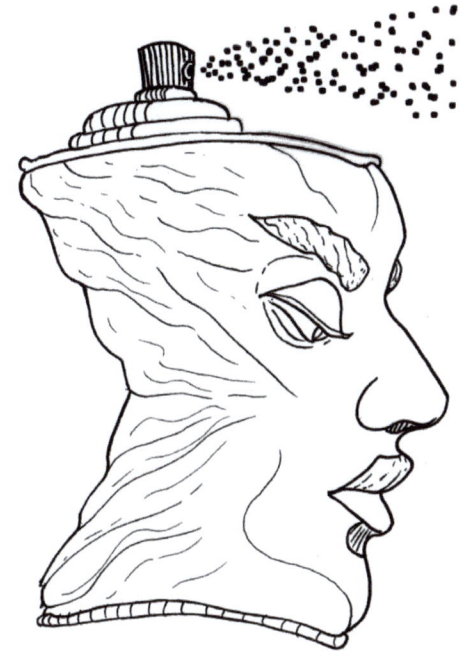

Mierda Hipster Spray Cool

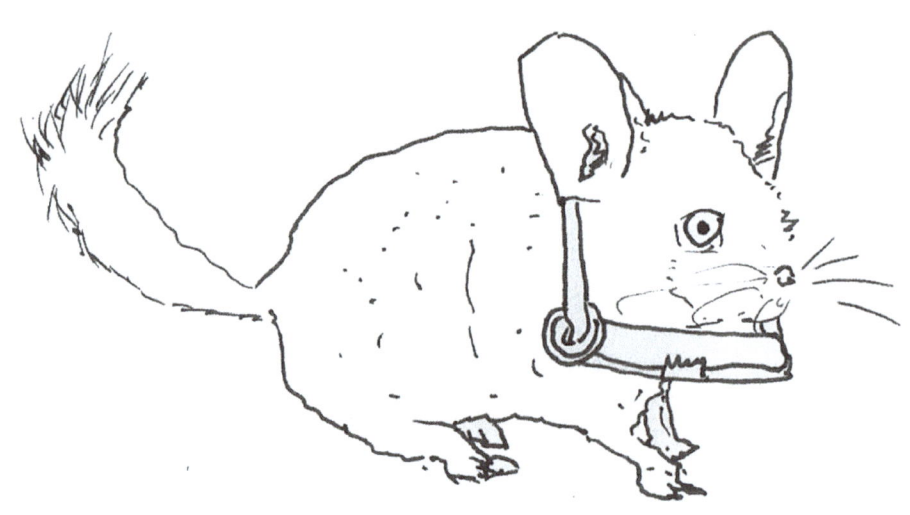

CHINCHILLA MENSAJERA

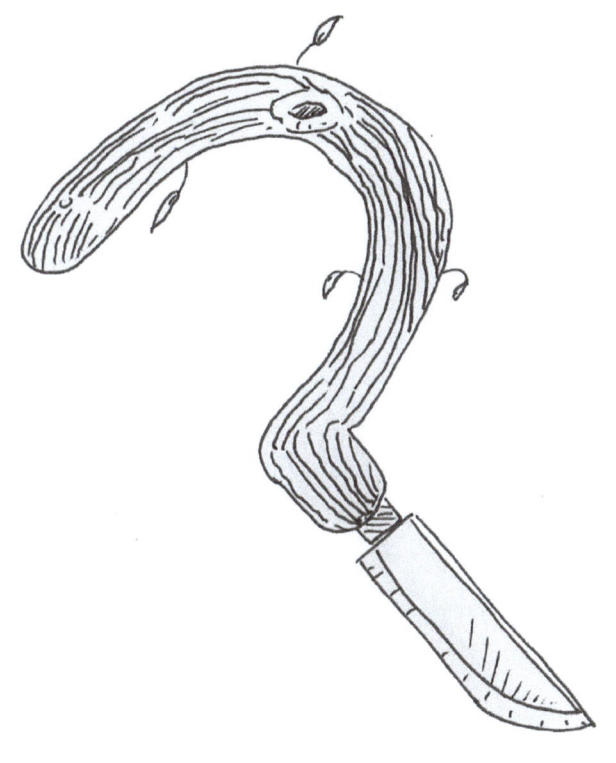

HOZ INVERTIDA

CRIABA PECERAS DENTRO DE LOS PECES

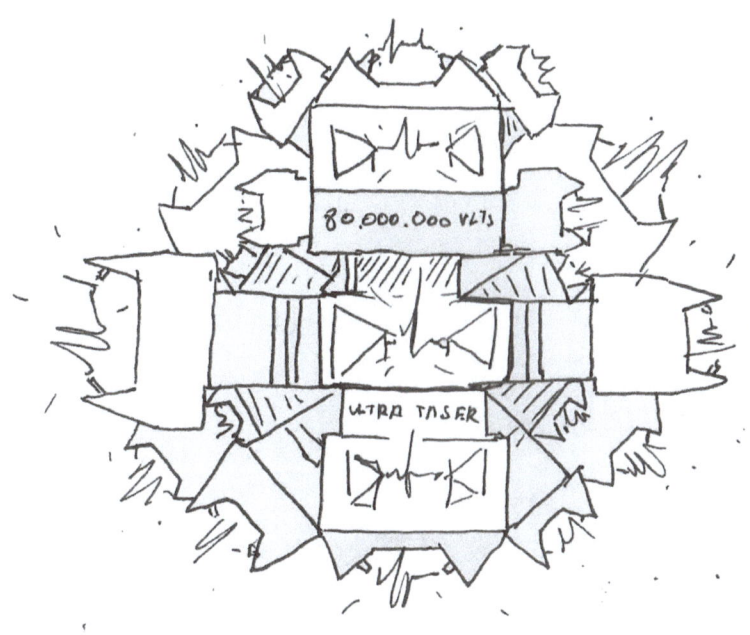

TASER 360 GRADOS

80.000.000 VOLTIOS

EL PENTÁCULO ABSTRACTO

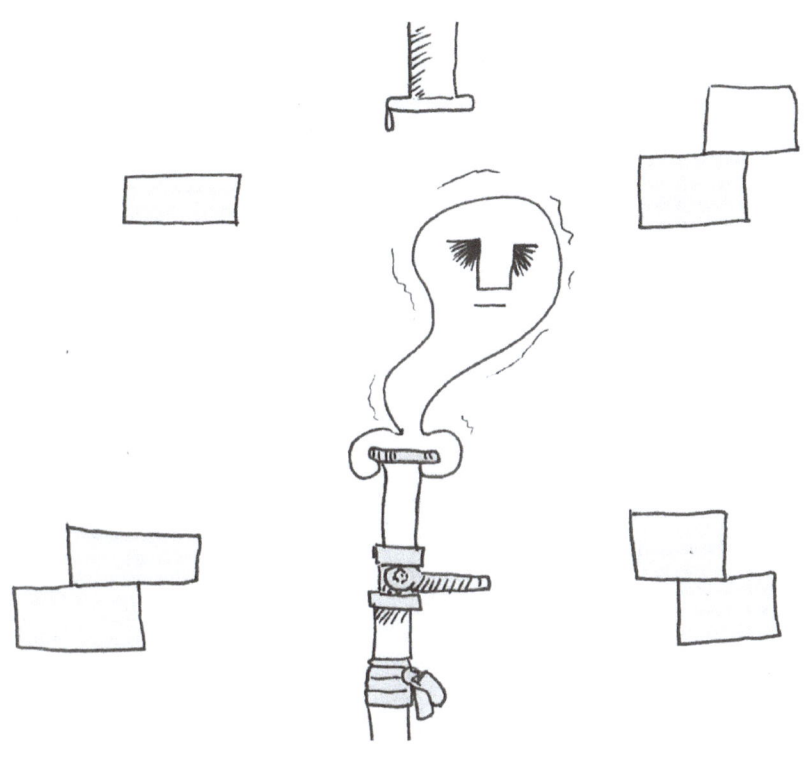

SALIÓ UN PEQUEÑO ESPÍRITU POR LA TUBERÍA

MASTER UNIVERSITARIO EN ACARICIAR GALLINAS

UN TSUNAMI DENTRO DE UN VASO DE AGUA

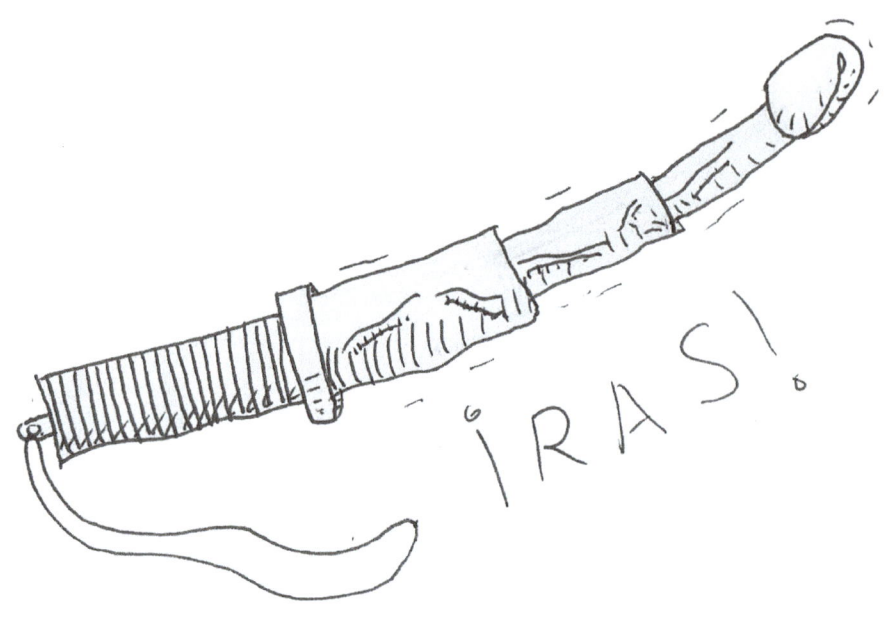

¡RAS!

DEFENSA CON UNA POLLA EXTENSIBLE

TENER UN CITRÖEN POR NARIZ

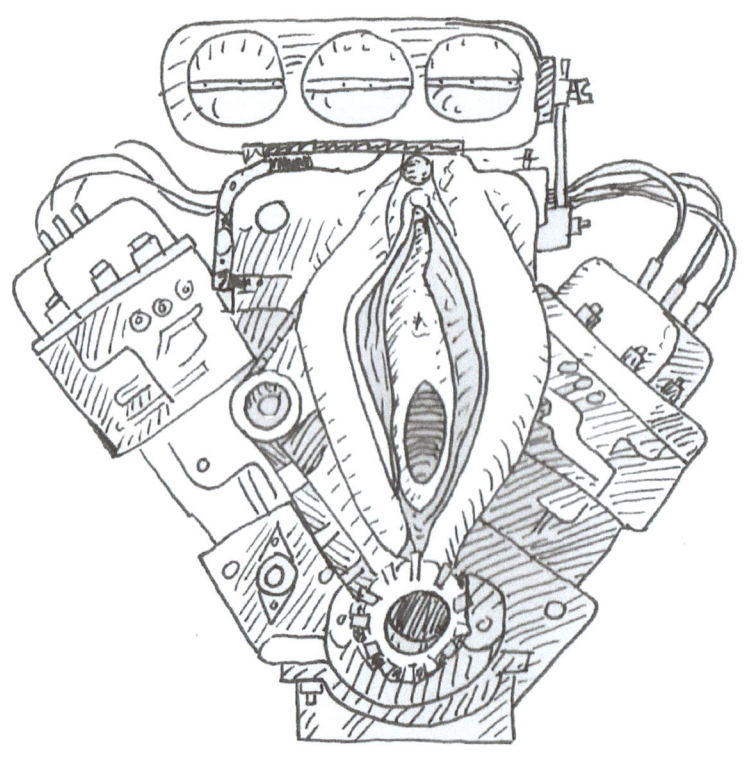

MOTOR VAGINA

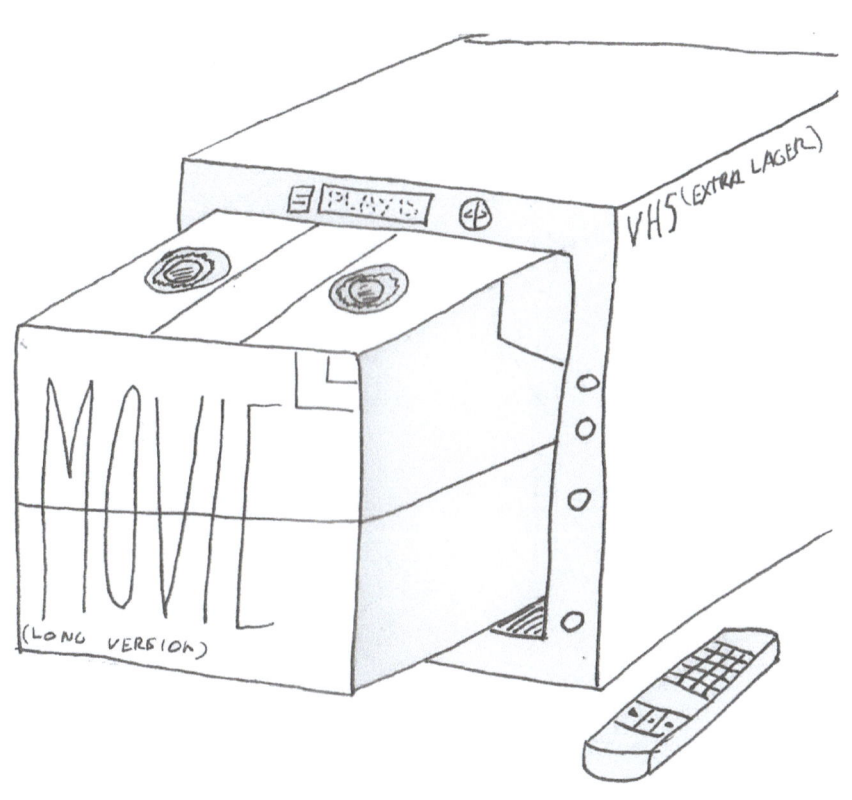

REPRODUCTOR VHS DE CINTA GORDA

BANANA KATANA

COMPRÓ UN PERRO PARA TIRAR DE UNA CARABANA

UNICORNIO MULTIUSOS

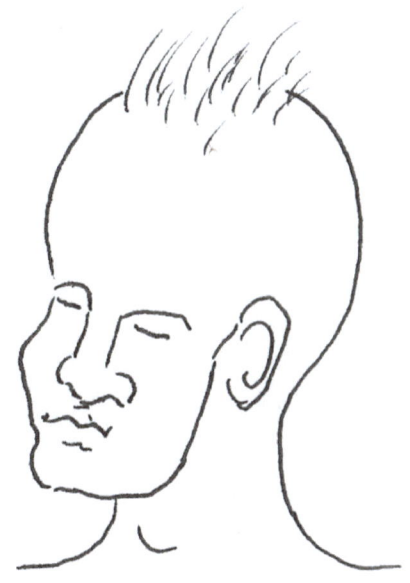

CALVIIE INVERTIDA,

EL PELO VUELVE POR DONDE SE FUE

PEINADO A LO CATEDRAL

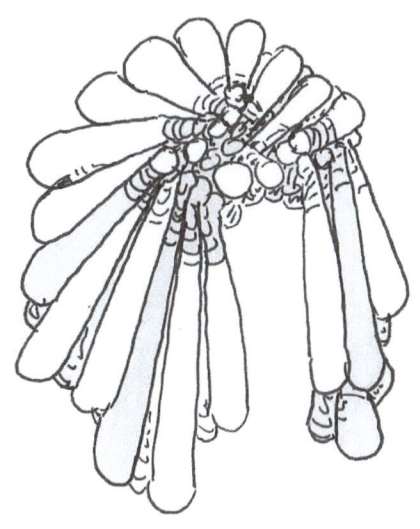

PELUCA DE BATES DE BÉISBOL

TORNADO EN UNA LATA

DENTRO DEL CONDÓN HABÍA UNA FERIA

CON EL ROSTRO DESENCAJADO

EL ÁRBOL DONDE NACEN LOS OSOS

SOPA DE CHUPACABRAS

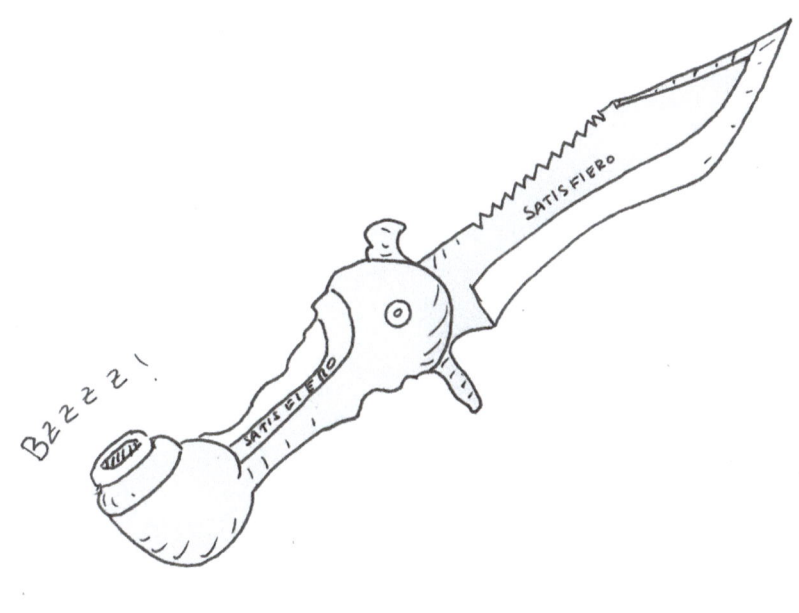

SATISFIERO!

AUTO SATISFACCIÓN Y AUTO DEFENSA

(NUEVO SATISFYER DE COMBATE)

HE PLANTADO MUCHOS PERROS ESTE AÑO

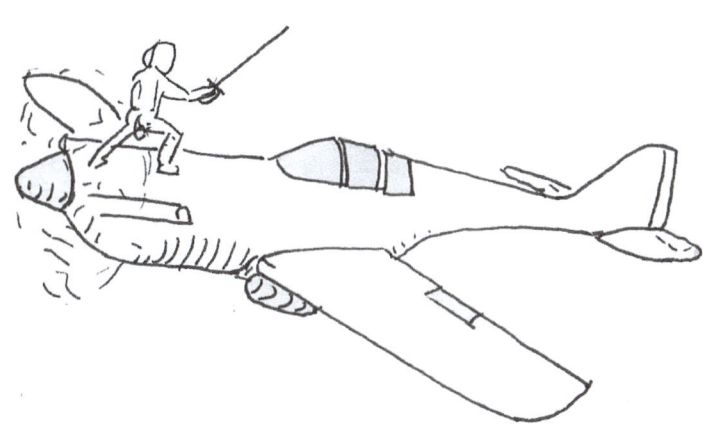

ESTABA A PUNTO DE ABATIR UN AVIÓN

CON UNA ESPADA

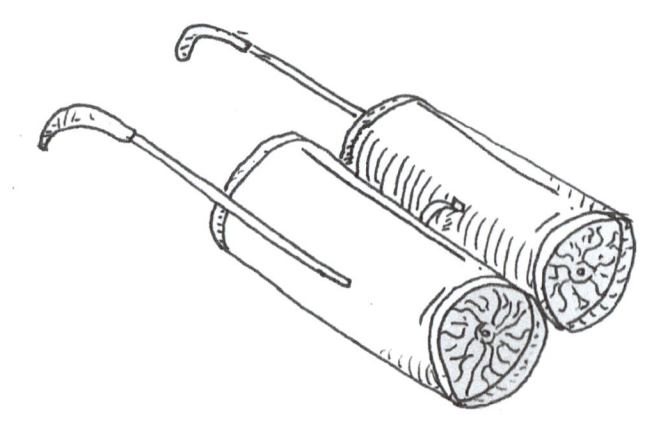

GAFAS CALEIDOSCÓPICAS

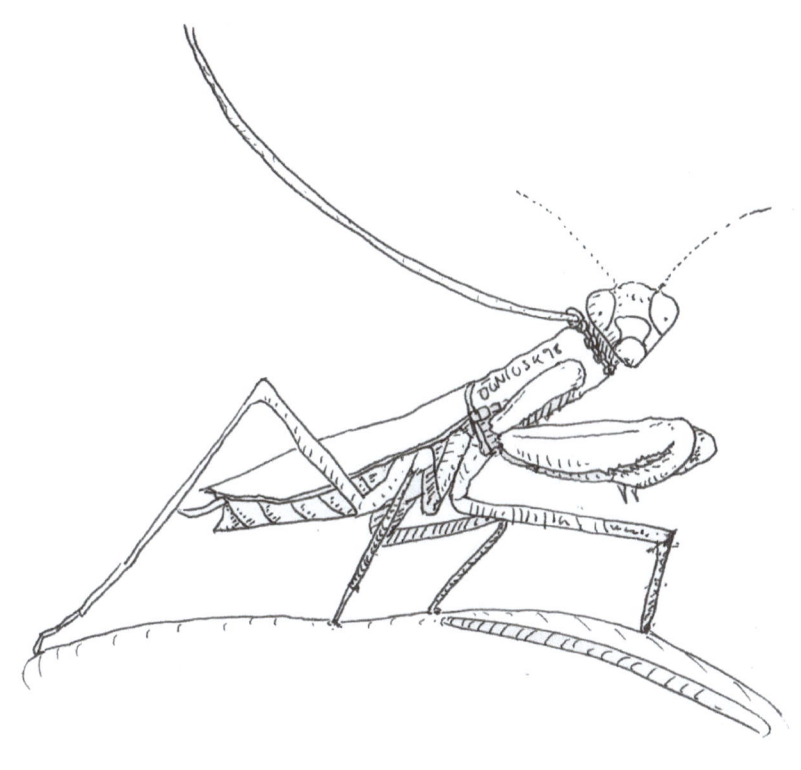

SACABA A PASEAR A SU MANTIS CON CORREA

SACAR LA MANTIS A PASEAR MONTADA EN UN PENE

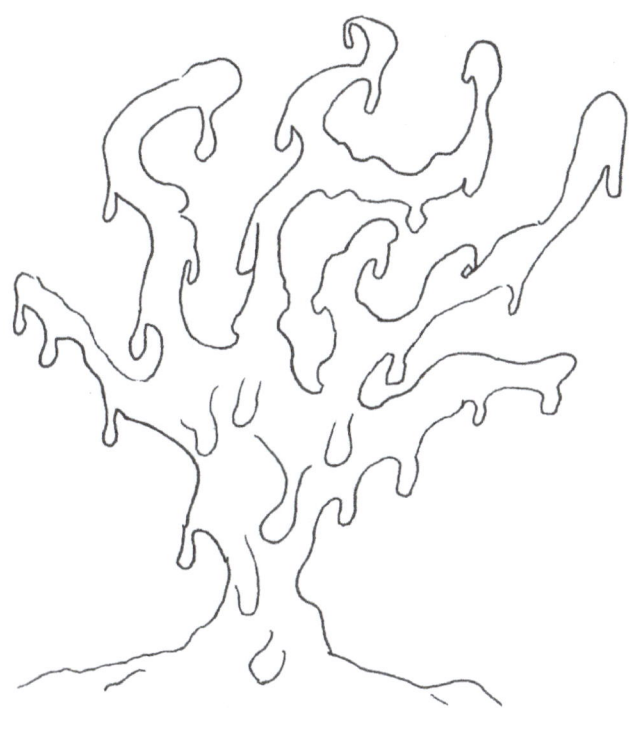

EL ÁRBOL DE LA MANTEQUILLA

CHINCHETA STEAMPUNK

SANWICH DE CEJAS

LE INSULTABAN EN EL INSTITUTO
MUCHÍSIMO POR TENER CABEZA DE CATEDRAL

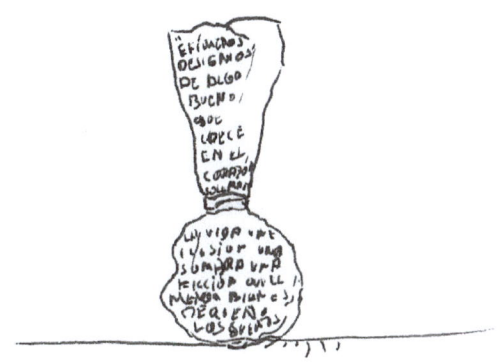

ESCRIBIR BELLA POESÍA EN POLLO DE COCA

EL PESTILLO FLORECIÓ

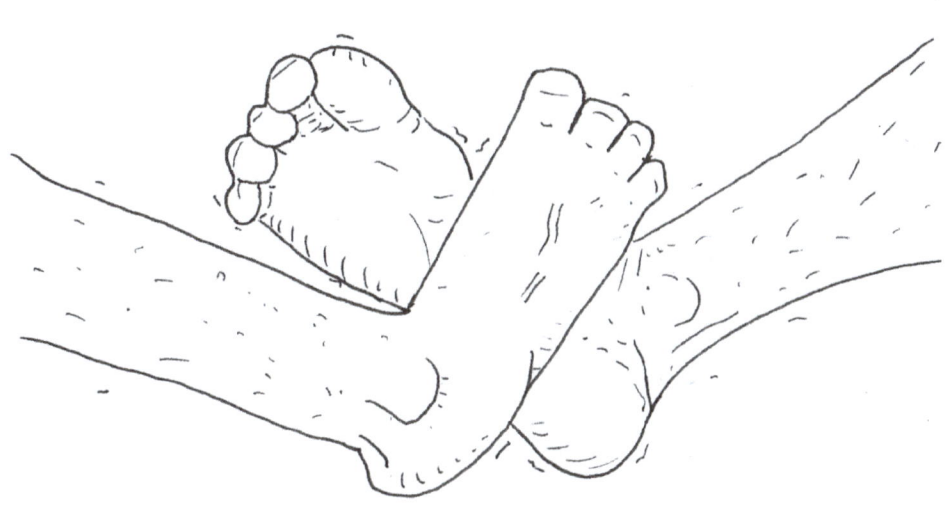

ECHAR UN PULSO CON LOS PIES

UN HAMSTER DE PRESA

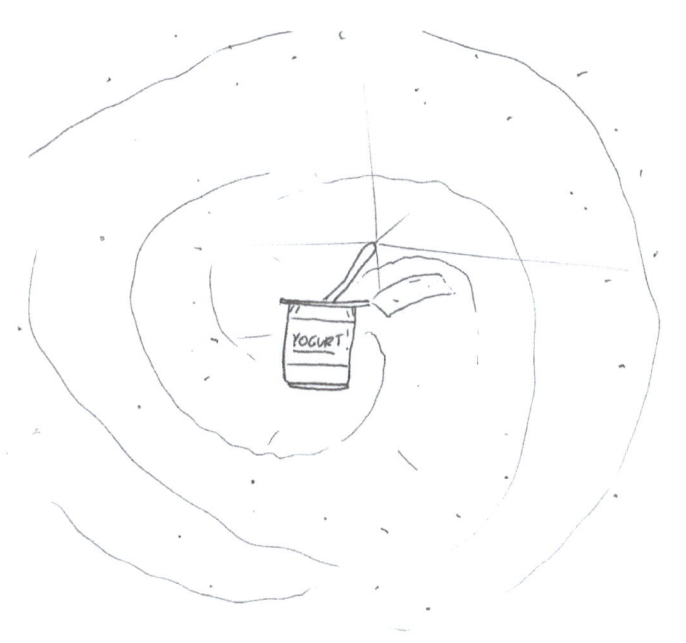

EL MEJOR YOGURT QUE HE PROBADO

FUE EN LA VÍA LÁCTEA

COMPARTIR CON UN AMIGUETE

UN PLATO DE COLILLAS

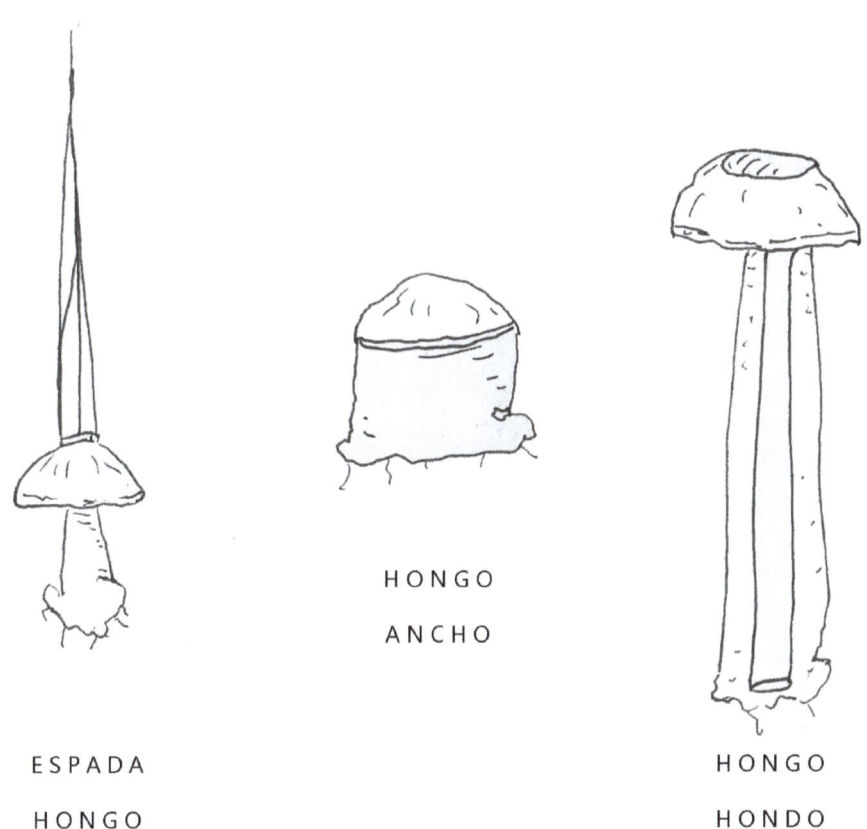

HONGO
ANCHO

ESPADA
HONGO

HONGO
HONDO

ESE AÑO LA TOMATINA SE HIZO CON SANDÍAS

CARTERA DE CRISTAL

POLLARDILLA

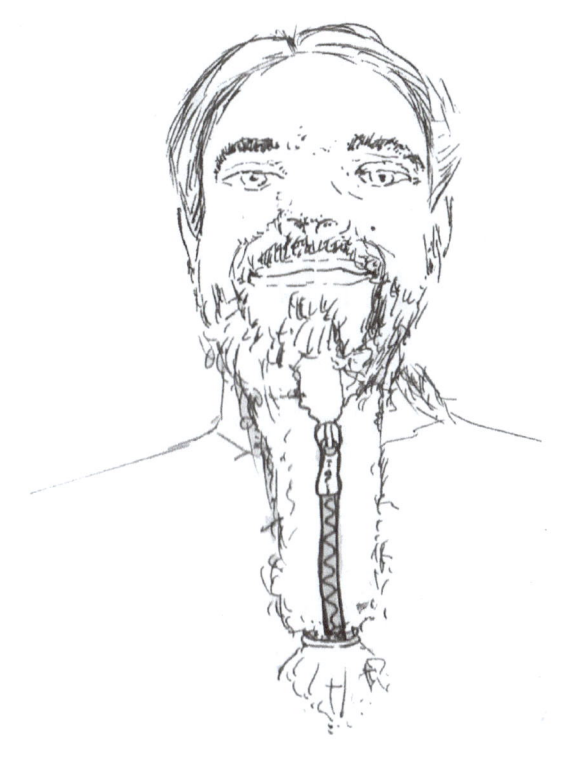

TENÍA FRÍO EN EL CUELLO Y SE ABROCHÓ LA BARBA

# FIN

# DE

# LA

# CITA.